楚影

一九八八年生，意外與楚國糾葛的人，目前定居在台北城。曾獲優秀青年詩人獎。著有詩集《你的淚是我的雨季》、《想你在墨色未濃》、《把各自的哀愁都留下》，小說《封魂錄》。

把各自的哀愁都留下

楚影

啓明出版

輯二

輯三

輯四

輯五

輯六

一切只為拔除思想中的毒

推薦序　宋尚緯

第一次讀楚影的詩，是在他已經出了第二本詩集《想你在墨色未濃》之後了。我承認讀之前有稍微看了一下他的臉書，看見個人資料上面寫著：「在大楚擔任王子兼任三閭大夫」時，我有愣了一下，只想這人貌似有點有趣。讀完詩集後只想，這人未免也太熱愛楚國了，從他寫詩的用典到氛圍，活脫脫就是一個活在楚國的人，雖然形式是現代詩，但我總不免會在讀詩的時候想到楚辭。他寫〈山鬼〉，寫〈九歌〉，寫一些需要被指認的，寫那些需要被他人認識的。他有意識地在運用那些古典的元素去書寫，那些楚辭與楚辭之外的古典相互交匯，使得他的詩意象與意象之間造成碰撞，讓整本詩集產生一種古代與現代間的錯置感與對話效果。

他在第二本詩集《想你在墨色未濃》時主題傾向更日常，更個人性的轉變，詩文的主題從原本個人私密性的內容轉變為更為開放的內容，雖然同樣是書寫愛情與浪漫，但多了一些更知識上、倫理上的轉變。對我來說楚影的優點在於他用典上的轉換，並非死硬地糾結在典故上，而是更為流動的、溫柔地披在了詩的骨架上，讓它長成新的血肉，而非僵硬地沿用典故的骨肉，成為古代文人的分靈體。在這一點上，楚影明顯地將自身的閱讀，消化後成為自己的血肉，透過書寫將其情境轉化、再現為我們所看到的詩。

從第一本《你的淚是我的雨季》，到第二本《想你在墨色未濃》，再到第三本《把各自的哀愁都留下》，可以看到情與愛，仍是貫穿楚影詩的主軸，但能夠明確感受到他正在逐漸轉變，無論是主題上還是語言上，甚至多了更多心理上的猶豫與糾結。詩人楊牧曾說，「變不是一件容易的事，然而不變即是死亡，變是一種痛苦的經驗，但痛苦也是生命的真實。」

雖然細微，但楚影詩中的主題、語言，甚至能看到用典上都與第一本有所差異。例如他寫〈江湖〉一二三，使用的引言從古典轉向張懸的訪談發言，又或者例如他寫〈對不起世界，我還在寫詩〉，乍看下比之前所寫的詩語言較為鬆散，但我並不覺得這是不好的，在這些詩句中他明確地向自己探問自己為何寫詩，舉了許多古典詩人，甚至舉到孔子，用了許多古人的典故，去探問所有寫詩的人究竟為何寫詩，另透過代古人發聲的方式，揣摩那些詩人為何寫詩，或者是直接地問自己——究竟什麼是詩？第三本詩集和前兩本相比，我會將其視為一種對語言的鬆綁，他放棄了某些原本固有的寫詩技巧與意識，加入了更為口語，更為寬鬆的一些語言姿態進入自己的世界裡。

對我來說這樣的寫作者是可以期待的——我總是不敢太過武斷，因為我知道每個人都有每個人的看法，對我來說，一個寫作者，必須擁有的能力，就是不斷反省與思考自身與世界之間的關係與位置，一個寫作者或許有自己不斷追求的主題或者是生命中必須解決的課題，但是如果放棄了思考、放棄了自己對自身存在的反省，那就與死去無異。身而為人，我們有太多問題，這些問題都要透過不斷地思考才能明白、解決。詩有某部分的功能，便是記錄下這些思考的過程，是拔除思想的毒，對自己的靈魂做出治療，換句話說，如果停止思考，那就是放棄治療。

這是楚影的第三本詩集，如果要我對其作出一個序言應該要有的推薦，那我會談論他試圖鬆綁自己的語言，想要觸及更多的讀者，也會談論他試圖延伸生活的觸角，以及面對現實倫理上的議題。對我來說這些種種，都代表他還在努力思索，沒有放棄治療自己。這樣很好。身而為人，每個人都不該放棄治療，我也還在治療當中。

推薦序　潘柏霖　陳腔濫調之必要

「分類」看似容易卻需要非常小心，「我」和「你」，「你」和「他」，「他」和「他們」，這些都是「分類」——分類證明了共性的必要以及人性怠惰，但也提供人類面對世界的依據。創作其實就是一種分類，對創作者而言，什麼是需要被寫下的，什麼是被遺忘的，什麼又是好的，什麼又是不好的。人類是依據價值觀和目的來對事物進行分類的，當分類完成，就能表現出我們是怎樣看待這個世界。

所以「楚影」是怎麼看待這個世界的？

我並不是一個習慣以作品了解他人性格的人，也許和多數閱讀者的傾向不同，但我確實是時常懷疑我們所寫下的任何字句的。但我相信「作品」會透露出微光，那是「作者」一部份的魂魄，所觸摸後留下的蛛絲馬跡——那不能以偏概全，但足夠提供我們這些陌生人，對「作者」的初步認識。

我相信「楚影」是不避諱陳腔濫調的——我相當喜愛觀察一個作者的文本結構，我認為在一群陌生的個體之中找到的那些共性，就像是童話故事裡那些勇者打倒魔龍、巫婆總是攪局和騙子偷走你的金銀財寶，這類早就存在卻經過多年不斷重演而栩栩如生而不斷復活，就像是一群固定回訪的幽靈，整個世界是不斷鬧鬼的鬼屋。

在〈對不起世界，我還在寫詩〉中，可以發現這鬧鬼的現象，從陸游、莊周到孔丘與其後的各古人的列隊歡迎，彷彿恭迎一個「楚影」的出現，那樣的以各種人物的風格短寫對「詩」的想法，接著再推導出詩名這樣一個似乎眾說紛紜各說有理和文學傳統下揮之不去的大論述中，「我」依然要繼續一無反顧地寫下去。

「楚影」的詩中如此的鬧鬼現象層出不窮，就像是整個中國古典文學養分，被他具現化成一隻又一隻的幽靈，並且被他困在「楚影」這一個大大的房子裡，這樣的鬼屋構築出一種異空間的想像，提供現代孤苦無依的創作野鬼一個安居樂業的憧憬，提供給讀者們一種可能，一種古典與現代共存的可能，更提醒了荒蕪塵世間的創作者們，可以更勇敢，更無畏地挑戰過往，不擔心這些字都已經有人寫過，這些話都被人給說光了，因為我們回望過去的幽靈，並且確信自己在未來的某天，也會成為那樣的別人往昔的幽靈，可是我們現在還在這裡。

我們沒有可能逃過過去的網羅，跟任何人大膽宣稱我們從未踏進那偉大傳統的鬼屋裡頭，我們也沒有辦法確認我們的未來，究竟會變成什麼模樣，我們擁有的只是現在，而「現在」就是一個古今交會的時空定點，認清此點而無畏無懼就是「楚影」的部分樣貌——這樣的誠實，才能不畏懼陳腔濫調的使用並創造出新的天地。要先了解結構才有解構的可能，要熟悉經典才有可能翻轉、再造經典，陳腔濫調之必要，即在勇敢面對這些前人已經擁有的一切，誠實面對自己的處境，不縮頭縮尾擔心懼怕他人發現自己創作的養分來源，一切都可以是我的沃土，一切皆能開花，萬物皆是我的掌上幽靈。

想像一座寺廟爬滿蜘蛛網，冷風一吹夜黑風高，一名身著白衣的幽靈攀上你肩膀，邀請你進入一座鬼屋——「楚影」即是那座鬼屋，裡頭鬼影幢幢，只待你踏進去一探究竟。

輯一

我是這樣想著你的

我是這樣想著你的
在一切如常的時刻
沒有更多的月光
只剩遺世的傾向
因為夜晚而情願睡前向你訴說
星辰獨立的寂寞

粗糙顯露的現實裡
該怎麼接近自己
或許不用特地去辨認
模糊過後的眼神
那些逐漸清晰的顏色
是不會被忘卻的

無法否認的記憶
成為我們的關係
曾經篤信的痛楚
都將消融於溫暖的敘述
在一切如常的時刻
我是這樣想著你的

夜雨寄北

想要閃躲溫度孤單的風
細心地給你一個約定
好讓你可以相信
我們是愛人
在思念的時候應該親吻

為了生病的夢
也許我明日就會啟程
回到你疲倦已久的眼睛
再送上一個微笑
以及償還積欠多時的擁抱

但我還在這裡
安慰騷動的回憶
這是屬於一首唐詩的
夜，雨就從巴山之上落下來了
裡面應有你的眼淚
我微冷的傷悲

對不起世界，我還在寫詩

聽說，要末日了。而我還在寫詩
因為我會深深遺憾不能再寫詩
贏不了陸游的九千三百多首詩
即使這首真的成為絕命詩
我至少不慚愧，此生有認真面對詩
只是大劫之後誰還能再見我的詩
誰又有那種心情讀詩寫詩
好吧，我想莊周他會先大聲朗誦自創的詩
而同樣千古的諸子也紛紛出現當一行我寫的詩——
孔丘說王老師猛於虎，何以有人迷其詩
屈原依舊漂流尋找懷王，用眼淚繼續賦詩
曹操以赤壁的火取暖，冷笑說虛虛實實才是一首好詩

李煜深怕我們故國不堪回首月明中，別是一般滋味在新詩
幸運的謝安仍然下著閱捷後折屐的棋詩
李賀又在吐血，準備寫一百萬首給幽靈的詩
賈島誠惶誠恐地請教：如何不必苦思就能敲出詩
謝靈運打算把一石的天下才都給王老師的詩
李白抱著月亮打著酒嗝，醉吟末日是太浪漫的詩
柳永說王老師才是真正的凡有井水處，皆能知其詩
李商隱淡淡地說：我也解不透王老師的詩
蘇軾絕唱但願人長久，千里共寫詩
李清照傷心斷成兩截，這是比她還悽悽慘慘戚戚的詩
韓愈云：師者，所以傳道、授業、解惑也——王老師有盡本分寫詩
惱怒的蒲松齡不禁嘆氣，怎麼會有比聊齋還聊齋的詩
苻堅則說在如此風聲鶴唳的時刻不寫詩
那應該乖乖去睡覺，或者看看別人的非死不可多麼像詩
大家的近況今夜都充滿了詩

或許預言只是王老師名下一首大放厥詞的詩
自以為技壓群雄，是絕對會得獎的詩
豈料上天評審結果一揭曉，成了人人嘲弄的爛詩
但我對不起世界，我還在寫詩
我還在寫這樣一首不負責任的詩

註　觀2011年5月11日將地震預言有感。

關於寂寞的二三事

我在陰影背後
躲了很久
捕捉不住陽光，這樣一首
似乎唾手可得的詩
是關於寂寞的二三事

對著被遺棄的隻字片語
自告奮勇找一種適合的應許
儘管會像孤立於瓶子裡的蠟燭哭著
頃刻就把勇氣消耗完了
也要在你的面前
揚起無限延長的弧線

應許

儘管曾經也掉過
眼淚的寂寞

然而更多時候
我們已經學會珍惜，學會牽手
學會夜以繼日的溫柔
嬉戲如兩隻初生的小獸
舌尖的語言他人無法解讀
是彼此最私密的幸福
就像這首小詩
以及那些應許於你的事

漫長的修行——致周夢蝶

什麼是昨日之生
答曰譬如朝露般的夢
化蛹者是因為
藏匿流自月色的淚
更早就看破
隸屬紅塵的寂寞

老、病、死，所謂起落
你閉起眼靜靜的說
都已經美好過
只消跟隨風的超脫
那麼這場雨的降下
也是必然的吧

虛無的盛世
抵不過詩的真實
一切不可說卻了然的光景
而你終究多情
才能把漫長的修行
活成自己最喜愛的姓名

註 周夢蝶（1920年12月30日——2014年5月1日），詩人。本名周起述，筆名起自「莊周夢蝶」，表示嚮往自由浪漫。作品多富禪機，以靈魂參悟現實。

看見時間

我能在秋日的默認下
埋藏悲傷嗎

被疲倦占據的心
如何面對昨夜的眼神
更早之前的黃昏
殘餘的愛已經無存

從此沒有告訴你的
也不需要知道了
讓無形的命運各自帶離
我們名字的熟悉
像歸於平靜的漣漪

雪尚未捎來冬季
寒冷的溫度不是唯一
怎樣的相距才適合
誰都無法回答什麼
卻看見時間擁抱著
還可以回憶的

江湖

「人生的風景各有險峻，我可能是誤入歧途。」

——張懸

下一步，可能是相濡
更可能是孤獨
在這之前我想
先記得一千種美好的模樣
好讓無法收回的人生
不至於灰暗了風景
有一些話，在月光下
只能對影子說吧

任憑氣溫再低
仍舊保守著暖和的祕密
也明白寫了那麼多的險句
疼痛並不會更快離去

往日已遠，而時間
將證明一個人是否勇敢
我選擇前進
踏著荊棘，是因為更相信
吻或不吻
都是我自己的心

江湖二

「年輕人須勇於承擔自己的人生，
不只是堅持而已；有時候你的堅持都是屁啊。」

——張懸

受傷的靈魂還漂泊著
該如何堅持呢
從前聽說對酒的時刻
要好好唱一首歌
至今也有所保留了
可是人生幾何

多想要和迷亂的鬧區一塊醉倒
把得到的嘲笑
以及無數看見的悲哀
還給這個時代
再也不讓脆弱的善良
半夜裡暗暗感傷

苦苦尋找更好的方式
放棄一些偽裝或許才是
突破困境的姿勢
但絕對不要
對世界交出捍衛的稜角

江湖三

「這輩子我想要追求的不過是求仁得仁，
即使被刁難、受挫，都是我自己要做的事情。」

——張懸

為了追求文字的聚散
我像一名慎思的史官
凝視季節的遞嬗
襯托著人事的變遷
有時大義微言
有時沉默站在宿命前

總是架構著抱負的甜美
同時節節敗退
面對筆直或者傾斜
終究還是想寫
雨正落在眼睛裡
成就傷口的哭泣

就算年復一年
問遍日月星辰山川
幽谷不一定會傳來答案
我也危坐依然
情願等待盛開的瞬間

輯二

像一個久別重逢的人

在擁有的理由中
選擇一個比較後悔的情境
然後衰敗一切

與陌生和解
繁華的城市有所謂的死去
關心不是必須

更在意無人聞問的冷巷
或者那正是自己的胸膛
不識多餘的形容
卻以枯槁記得曾經
如今重蹈覆轍
不過是鎮日寫著

有些語句屬於空白
為了成全等待
沒有遠去的悲傷
苦候一道和煦的光芒
暫留瑟縮的身上
注視淋雨的窗
像一個久別重逢的人
讀著從前的音訊

對不起，我所愛的

對不起，我所愛的
你們，我回不去了
此刻非夫子困於陳蔡
步伐卻同樣窒礙
無聊使我回想一路看見的風景——
水晶蘭一盞盞萌生
是森林最別緻的小燈
讓我夜裡還保有溫柔的夢
巧遇散步的藍腹鷴
神色如古時貴族般傲然
黃鼠狼在附近觀察我，我回報
一個比花還親切的微笑

接著又走了好遠好遠
沒力氣只好學習坦然
在原處聽著風聲等待
我知道你們會來

終於有人碰到我的體溫
那麼遙遠卻又如此接近
對不起，我所愛的
你們，我回不去了
我知道礫石下那張紙的內容
已被朝露和雨水交融
無法像陽光的去向能夠辨清
那也沒關係
只是想說我願留在這裡
守護日後類似的自己

對不起，我所愛的
你們，我不回去了

註

見報載大四生張博崴山難，雖素昧平生，仍有痛感，遂以詩揣想，悼念之。

我和你最適合的居所

曾經我們互相
吐絲，作繭縛於其中的悲傷
久了也能體諒
情緒像亂針般恆常
存在昨日的身上
並且成為一種信仰

原來有著一樣的瞳孔
就從默契的思念開始認定
塵世的一切都可以
頹敗，除了自己與你
這早已不是祕密
我們卻恍然如此的關係

於是彼此用彼此的眼神去看見
以前沒有發現的發現
關於愛的強大
應該就是這樣的事吧：
在風雨裡也能找到我
和你最適合的居所

就像這首詩

有時遙寄思念
想著你在身邊
面對多變的疑惑我仍然
有一個答案
是因為你的
存在而有了勇敢的神色

也許我就是很渺小
沒有什麼足以稱道
還是想在這世界
跟你分享我擁有的一切
特定的日子裡
會有一些文字屬於你

就像這首詩
就像那天發生的事
我們在街上牽著手
記得心動的溫柔
讓悲傷依循陽光
愛情不必害怕失去堅強

攤開的線索

攤開的線索
藏著不適合交心的寂寞
從前度過日子的方式
該怎麼接近背道的解釋
或許讓紙張陳舊
更能培養動人的溫柔

在尚未發覺的昨天
掌握的想像的雲已經消散
然後屈指卻無盡的
悲傷就迫使彼此衰老了
以略顯空洞的口吻試圖
對即將來訪的陌生說服

輪廓正值日暮
總有相關的孤獨
在剩下的時間等著結束
舉安靜的例子來說
就像是擁抱記憶漸漸冷去的我
成為你眼裡的煙波

因為咫尺

好像無所謂了……
多年後這樣覺得
挽救不回的落花
都託付給流水吧
當初猶豫的問題
成為昏黃的孤寂
誰的明白誰的心
永恆甚深

真實的眉目之間
有些季節需要婉轉
還有溫暖的提供

沒辦法安頓的祕密只剩
淚千行的曾經
凝結昨日的夢境

所有凋零的
該怎麼拋擲過去呢
再多的觀測
又能看見什麼
遠方沒有任何
值得投入的跋涉
因為咫尺就是天涯了

百密

尋找你遺留的輪廓
卻得到清楚的寂寞
一如夜中燭火
等待晨曦的解脫
纖細成灰的
眼淚之外還有什麼

走回所有的地方
面對高懸的悲傷
時間彷彿延宕
而後凝滯思想
原來熟悉讓我們
誤以為陌生能夠接近

或許你知道這一切
更可能比我還了解
那未完的語句
都是脆弱的愁緒
在每個似曾相識的場景
徘徊著耽溺的夢

偶爾不寐的時刻

如何將你的
餘生化成酒呢
像我曾聽過的那樣
讓歲月在胸膛
刻下痕跡表示滄桑
在風景悄悄離開後
我們可能擁有
一次相同的回首

但你終究看見了
亂世裡的不測
凝視的眼神

總是疲憊無盡
那些在意的事情
依序遁入心中
沒有傾訴的原因可能
只是需要平靜
等待解讀的象徵

偶爾不寐的時刻
彼此也許都醉了
無法從文字裡分辨
模仿月色的淡然
以及推敲淵源
是誰的習慣
而你會繼續寫下
關於我的情感嗎

薄冰綿亙
雨若紛紛

在所有的時間裡

「最是人間留不住，朱顏辭鏡花辭樹。」

——王國維．〈蝶戀花〉

花在睡意中凋落
春天在誰的眼裡寂寞
日子就那樣離去了
如何到達永恆呢
我想要好好形容
和你走過的那些情景
看似不盡的痕跡
足以解讀彼此的熟悉

敘述不會忘記
傷痛是怎麼存在
陪伴落單的等待
而後消弭於愛

就算思緒有時薄弱
或者言喻的退縮
星辰反映光芒卻也閃爍
仍然希望我可以
葵傾保護你的纖細
在所有的時間裡

完好的情境

被隱蔽的時刻
想起了什麼呢
一首浪花湧來的詩
可能是共識
即使面對海上的蒼霧
也格外清楚
如果只記得
夜裡用來押韻的月色
此外的章法
還會願意凌亂嗎
所有完好的情境
是否不堪夢中

世事總是紛紜
多少原故無從探問
如何展開沒有異議的黃昏
卻看見誰的轉身
讓脫序的季節終於
有了冬天的雨

輯三

把各自的哀愁都留下

「無情有恨何人見？露壓煙啼千萬枝。」

——李賀・〈昌谷北園新筍四首其二〉

月圓不一定
會成全花好的夜空
遺忘之外的時間
微蹙的眉尖
還剩多少可以恨的
誰又在眼淚裡呢
也不過是幾個
要藏匿的念頭罷了

並不是那麼在乎
時常被檢視的孤獨
早已始終甘心讓悲傷
擁有繁盛的荒涼

話語逐漸空乏
還有沒陷落的季節嗎
縱然問了也無法
給予確切的回答
只能把各自的哀愁都留下
成為古典的天涯

我很好，黑暗會過去

年輕旋即老去的浪潮
無事一般牢牢
刻在歷史上的哀傷
還帶有當日的陽光
如果能夠遺忘
求之不得——那些墜落的翅膀

就紛紛逝去了
甚至不明白為什麼
貧乏的知識根本
鎮不住天地一瞬
以致好多顆熾熱的心都變成
守護許多人的燈

照著無怨的淚痕
一輩子怕人尋問
不斷地寫信
給走獸與飛禽
給自己和正待綻放的櫻花
告訴世界：我很好，黑暗會過去的吧

註 致我們記得的 **2011** 年 **3** 月 **11** 日。

舊地

沉睡然後甦醒
舊地的光景
好像有那麼一點不同
於是閒暇時寫一些信
寄給預設的人
用罄文字卻不期待回音

或許答辯都是痛的
我不願去推敲什麼
只能把親密
交付下一段關係
而你選擇靠近
你便是對應的那人

還好是這樣的遇見
透過易於憂傷的眼
我確定你的溫暖
讓我得以踞坐於晨昏
昂首面對昨日的斑痕
更像一個敢愛的人

玫瑰少年

我遠遠的知道你
是玫瑰色的你
雨夜裡再次聽著
那首歌讓我覺得
你的笑容好適合
端詳這個世界的腐朽
無法面對你的溫柔

沒有答案的你
用熟練的失望包裝自己
釋放思索已久的決心
要讓最後的聲音

驚動持續漠視的人們
離去是因為你不忍
未來的某地仍有血的悲憤……

我輕輕寫到這一刻
你還是遠遠的
雖然莫名痛著就哭了
你說你的愛
如懷抱一個祕密那樣明白
累年的傷痕如何指引
懸崖邊上的命運

醉臥

誰的模樣
是不可提及的惆悵
夢默然著，清晰每個
關於變換的時刻
我應該倒臥
像你放晴指認的雲朵

終究還相信
遙遠不能阻止星辰
和月光交涉
刪節出語句的適合
捕捉可能的視線
不被陳述的聚散

我知道自己
比你更留意
舉凡約定的哀愁
縷在胸口
你若是那酒
我當一飲
卻未必盡

聞道

有時候想要看見你
眼裡的朝夕
縱然死去也願意
最好是一個祕密
那種你不會起疑的
屬於我的選擇

我能用最簡單的步伐
提醒自己嗎
熱烈的喜歡你
就像穿過多年的雪地
風在身後掩蓋消息
你仍舊在心裡

情感化成字跡無數
反覆在流光深處
讓溫柔得以和悲傷為伍
回憶彼此彷彿
晨起卻闖出黃昏的花
如見天涯

雲霧讓我已經明白

如果我能接近
所謂你在乎的眼神
我想我是屬於
未被燃盡的那一句
但也就只是這樣了
不被你記得

每個錯身的時刻
都是應該要遺忘的
順著傾頹的想法用來成全
詩集裡透露的欲言
又止的淚水，以及
落入沉默的自己

從此離開未嘗
不是最美好的悲傷
因為之間的雲霧讓我已經明白
擁抱的南方的未來
多雨是唯一
能夠解釋你的意義

不再留心季節

後來我就不再讀了
詩，那首最喜歡的
太多你的神色
等待割捨
對著未飲的酒緩緩傾訴
悲傷被時間困住

我開始嘗試取義
卻發現斷章盡是見棄
一句話在彼此面前
也足以成篇
但我無法忍耐
假裝沒有距離的存在

不再留心季節我已懂得
規避燎原的什麼
把故事遒勁寫下
無關任何回答
讓你的繁華寥落
而我的世界自若

在彼此都沒看見的地方

多想把我的
惶恐當作你的
惶恐，惶恐你不明白
時間是海
我們是淺灘
擁抱著卻浮沉思念

所有的猜測終究
是自己的，有時候
無法了解某種悲傷
在彼此都沒看見的地方
總有一些泡沫
死去如幾個夜晚的沉默

想起曾經也是
那般錯誤的道別方式
讓蓄勢已久的滂沱
從迴避不及的眼裡掉落
以袖拂過日子的傾圮
從此甘心忘記

希望告訴你的

為了專注的關係
我走過繁華來到這裡
希望告訴你的
幽靜的巷弄都說了
可能沉默宛如路人
也不要拋棄相信

還沒看清困惑的意象
霜雪和陽光
以及其他哀愁正在同時散失
深處彷彿一生的事
我明白是傷痕治癒了我
而極力不讓星辰墜落

你可以是眼淚
用閱讀忘掉自己是誰
但必須知道
有情的天比世界更老
我會在彼此的時間中
留下愛的永恆

輯四

你總是無可避免

不得不以誠實的口吻
向尋常的風景追問
該如何辨認你呢
那些可能被我擁抱的
充滿猶豫的意象
如月色過時的海洋

整個季節的落葉都伴隨著
試探的足跡往昨日走去了
憑藉適合的回答
你的輪廓會更清楚嗎
或者在隱喻的糾纏下
你始終是我無法臨摹的筆畫

掌控不了的夢境依舊
習慣於一種溫柔
你總是無可避免
成為我的想念
像一個星宿在晨間
祕密地收好完整的夜晚

走入你的命運

我用一把離騷的鑰匙將歷史開啟
走入你的命運。如果可以
把那些纏繞如藤的謠言隱匿
或是翦除，從你像牆逐漸斑駁的記憶
那你會不會試著原諒
約定好卻背叛而去的理想

雨季向來是一場啜泣的隱喻
瀰漫楚天打溼受傷的情緒
而你同時也明白，關於愛的流年
失溫是唯一的預言

你縱身的姿態比九歌絕美
回歸水域不濺一絲猶豫，拉上了苔被
一如日月運行永恆般沉睡
不願再擁抱疑竇去面對
這世界始終無解的是非

你是我最遙遠的交集

如果可以隔絕花
想必就能隔絕甜蜜吧

懷疑自己的擁抱
還有停格在月光下相視的美好
或者那些記不清的愛
事實上是比牆還倔強的辯白
又該怎麼解釋
這樣透明如淚的詩
耽溺文字的人總擅長作夢
親愛的讀者會看懂一種

親愛的字跡
故事最後就寫到這裡
而你
是我最遙遠的交集

梧桐雨

暫時埋掉情緒的生辰
八字裡的詩句無須再吟

風越吹越冷，今晚
月色也漸趨大寒
在共有的祕密面前
只能以矢口裝扮
否認質地倉皇的容顏

如果解釋沉默
是突破心事的經過
那麼業已化雲的眼淚

和交融的擁抱，該還給誰
畢竟我們早在雨中
吸收愛的養分長成
一株失季的梧桐，持續相信
堅定依偎而盤根
錯節為：「天長地久有時盡……」

描述

與許多回憶碰撞
如今相對遙遠的悲傷
讓人想明白那時
為何遠望著海開始
忘了我們對話的方式
曾經你並不是
我最寂寞的事

寂寞的是曾經
還陌生著的身影
後來就懂了笑容
你的名字裡有我的疼痛

被你指認過的眾星
都墜落成
無法痊癒或放棄的永恆
尚未墜落的是永恆溫暖的
誰該成為夜晚呢
適合記得
迷霧離散的月色
失去描述的意象
彼此分道的荒涼

我並沒有打算變成這場雨的

預料的情節滑在
單獨面對的窗外
紙張被空白幽囚著
我不知道應該釋放什麼
得以創造一種
默讀的驚動

不願淡化的靈感
能夠拋擲多少光輝的必然
未竟的時間
姿態是陳舊的深淵
貼近的嘆息在餘韻中沉澱
謄寫的熟練

介入渾圓的哀愁
我看著世界被滲透
一切彷彿漣漪
而後靜止於你
我並沒有打算變成這場雨的
但就如此落下了

縱酒的時候應該放歌

煮字後仍舊是你
留在我注視的墨色裡
卻必須對懷念誠實
有一些魂魄正在消逝……
如同搖盪的寂寞
不該錯覺為熾然的燭火
手勢還是那個
充滿無窮默契的
因此更想以指尖碰觸
心事的模糊
卻被浮現的疼痛席捲
吐露遺跡般的遙遠

我永不再來的青春
曾經埋葬相信
回想層層斑剝的夢境
只是不斷提醒
縱酒的時候應該放歌
可你已不是白日了

這季節最好無人安慰

我可以鎮日寡言
從陌生開始傾心演算
擁抱之外的種種試探
困惑可能消散
復生於最初的依戀
沿著戛然的傷痕不斷伸展

彼此如一首隱晦的詩
放棄濫用的修飾
痛使我的美學變得獨裁
就算只是等待
回憶也會帶來你的眼神
找到合適的黃昏

挪移的態度善感著誰
目光深深低垂
這季節最好無人安慰
用掩耳不及的零落
讓耽溺平靜我
豐滿的寂寞

美好的昨日就算敗壞

敘述的意義我想應該
是為了跟孤獨攤牌
在夢和詩一樣傷心的時代
還有你願意明白
美好的昨日就算敗壞
仍不足以讓人輕易離開

宛如落花之於我
看著你突然的沉默
想靠近對方卻等待著
或許我們都是擅長的
關於身世的隱淪
一切無用但必然的相信

即使寫好一個字就可以完成
星辰光亮的永恆
在尚未明朗的事情中
也只能確定
眼裡專注的風景
我為驚鴻，照你的影

修辭

「此身忘世渾容易，使世相忘卻自難。」

——辛棄疾‧〈鷓鴣天〉

如果可以那麼容易
將複雜的想法放棄
也就沒關係
但有一些意義
是在告別後才開始
所謂相信的誠實
或許多年仍不明白
牆垣為何崩壞

卻承認自己
無法了解你
例如一個夜半的夢境
被哭泣的修辭驚醒

依舊清楚的
往往是有關你的什麼
玫瑰和星空
之間的共存已是曾經
我應該忘掉你
像昨日的遠離

輯五

時間獨自永恆

文字在昨日的月色下
會是最憂愁的嗎
不曾困守的夢境
如何辨識相擁的身影
只能看著眼淚落入銀河之中
時間獨自永恆

我想我已無法解讀
你以為清楚的模糊
從此有些理解
將傾覆認知的書寫
我們誠實的失去
卻淪陷盡心避免的結局

那些蕭索依舊的夜晚
總藏匿著不語的眷戀
所有薄倖之處
都該服膺一種論述：
「讓廢墟是你，
我是裡面的回憶。」

此時只能以無題開端

此時只能以無題開端
表明心跡和語言的癱瘓

做得到兼愛天下
獨獨失望於一朵花

與其倔強地說沒有預料
不如狼狽承認被擺了一道

也不過是幾個斑痕
試圖成為翻越圍牆的眼神

如果還有多餘的力氣
我該怎麼去恨你

子夜四時歌

1.

整座山應該栽滿玫瑰的
如果要問為什麼
那一定是你還不清楚
愛情的盲目

2.

為了拒絕驕陽
不讓身心接受日後的刺傷
乾脆泡一整天的海浪
變成孤島漂流遠方

3.

看著地上哭到變黃的樹葉
發現一種自己變老的感覺

4.

我將一個祕密
藏在雪地
然後把自己忘記
這樣就沒有人知道在哪裡
關於你

縱使一切感想

我明白我一定
會試圖理解你的表情
縱使一切感想
是季節外的蒼涼
遍及我們擁有的溫暖
不會掩蔽的視線

我的愁城在故事深處
宿命般被你困住
每個疑惑都可以
是執著的孤寂
那些早該參透的預言
成為封存的眷戀

時間會帶走傾聽的我
和你拙劣的辯駁
也許面對昨日還有話想說
但回憶裡我不會承認
思念是如何接近
讓你存在我的心

遺忘夢境的夜

雨在世界之外飄落
像沒有預期的靜默
寫給我們的信還擱著
誰放縱了時間遠去呢
留下凝結的黃昏
回憶中流動的心

也許顛簸在邊緣
才能走回貼近的從前
眼神由衷的尋求
卻背負黯然的溫柔
如果無法再面對自己
該怎麼成為祕密

舉棋般的語句
未定於擺盪的情緒
哀愁不被剪裁
沒有節制對月光依賴
遺忘夢境的夜越來越深
你我都是灰燼

偶書

在紙上展開暗雲
如何從文字的浮沉
描述昨日乏味的傾盆
而你已經流落
他方的寂寞
相對不曾明白的我

筆跡劃分的江湖太悲傷了
一切都是倖存的
包括你最喜歡的景色
護衛過的深刻
彷彿尚未應驗的預言
等著心事暈眩

也許我不再記得
承諾的淚水，或者
你擅長指認的星河
此後逐漸乾涸
讓不願理解的傷痕
完成我們的談論

記事

是從昨日開始的
不再耽溺了
你是一座擁有身影
但寂寞的空城
我想是我早已忘記
你曾奪目的美麗
時間執掌一切
流走成章的晝夜

回憶是記事的河
不屬於誰的時刻
卻充滿彼此的暮色

還有什麼會歸來呢
滿樹凋落留念過的小徑
掩蔽之間的陌生

在空無一人的街道上
咀嚼著倔強
應該的模樣
你和我都認為
就像眼裡猶自爭辯的淚水
突然放棄所有解釋的詞彙

透過懷念的反覆

「有狐綏綏，在彼淇厲。心之憂矣，之子無帶。」

——詩經．〈有狐〉

那跟著你走的
都逐漸遙遠了
正在瓦解的理由
還能抵禦到什麼時候
沉默讓愛屈服
你從沒明白的孤獨

透過懷念的反覆
能否把你留在抒情深處

我將帶走屬於我的夜晚
離開所有的夜晚
漸漸冷然的月光
如果能夠確認此後的遺忘

眼神卻是難以避免
看著那些深刻的從前
你最好是無知的
不必在意我憂傷如何
等到歲月也走過了
於是一生都記得

在褪色的時間中

或許早已留不下什麼
回憶都往夢裡退守了
久候未至的偶遇
是離別無限延長的思緒
像私語的眼神
只能看著夜半墨痕

即使彼此遙遠
我知道你仍然
會和我在褪色的時間中
不停微笑著重逢
難過和快樂
都是最不值得後悔的

把你託付給煙嵐
將我化為重山
失去現實的跫音
讓不再動搖的心
空乏其愛，更多薄醉的恨
乃至無人

所謂典故中的你

我能夠告訴你的
都在那月光下了
你沒有來完成結局
我亦無法回去
像一盞苦候飛蛾的燭火
流溢寂寞的薄弱

然後等待天明把自己
冷卻於剎那的意義
化成葉緣的朝露
在未晞之時閃爍著孤獨
原來我只是一個
名字被模糊記得

答案已經湮沒阡陌了
還能求索什麼
攸關的眼神終究死滅
如零碎枝葉
被秋季包裹為祕密
所謂典故中的你

輯六

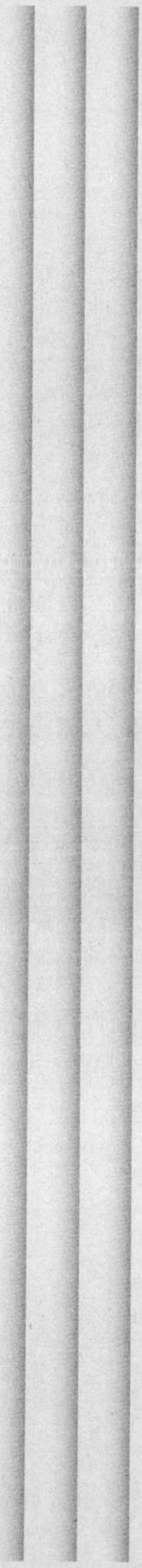

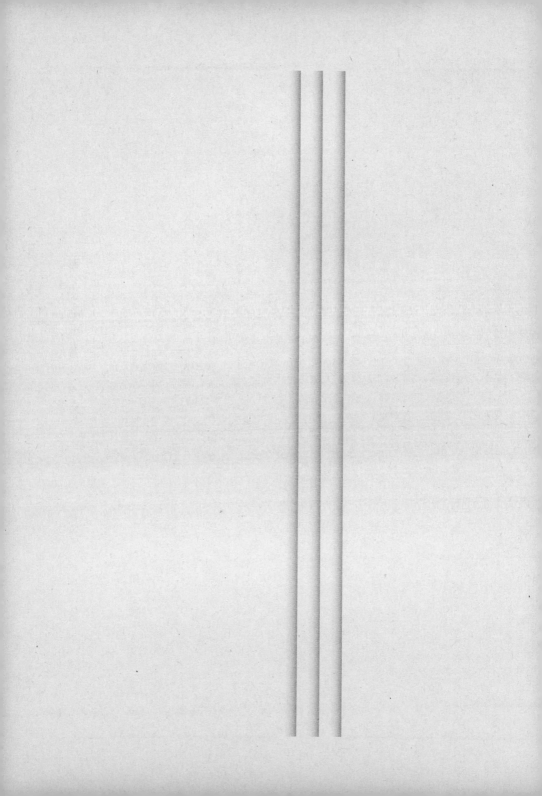

如果降下一場雨

看著蕩然的收件匣
這樣的我就能忘記你嗎
也許你可以但我還在夢境
回想有哪些事情
在受傷的承諾裡面
變成陌生的答案

後來為了治癒自己
送給世界一個完美的嘆息
所有攜手踩過的海
都要從彼此的腳步離開
如果降下一場雨
那就是無數值得微笑的詩句

從前的笑容不再合適
相信字跡的誠實
放任情緒解釋
讓人像最冰冷的雪飄落
淡忘我們的輪廓
溶入眼裡的愛恨沒有對錯

倘若你願意

曾經一度我不明白
傷害的存在
然後藉此創造了思想
最脆弱的堅強
在世界還沒有哭泣的時候
先放掉自己的手

活著而困惑的心
像遲遲不敢確定的音信
想要追索什麼
但時間刻劃的典故都消失了
剩下月光的表態
映照身影的徘徊

現在我已擁有不少往事
也看過眼淚淬鍊的詩
裡頭總有名字不被
提起，只為用來形容每次斂眉
倘若你願意多一點
愛的偏執，我的痛就與昨日無關

擁抱獨立的晴朗

從不被注意的時候開始
黃昏是墜落的心事
我該怎麼了解
關於放棄的黑夜
我不知道而你也不懂
看似漠然的面容

日子遠離對你的傾斜
此後我不認識那些
街道的哀愁並且苦笑穿越
遺留在城市中的習慣
適應一個人的往返
避免狹路的遇見

擁抱獨立的晴朗
沒有誰必須承受洶湧的傷
凝視熟悉的意象
透露你在旁邊的錯覺
轉身是最後的妥協
走向明日也無法說盡的歲月

你想像著死去的浪花

枯竭而生的海洋
必定存在敗露的憂傷
描述不需要記憶
過於明白，一如你
不用特地知曉
未曾解釋的寂寥

總有一些意象是風雪
是權衡後的拒絕
激不起漣漪的感覺
我在疲憊中專注
並且憔悴回音的孤獨
流連曾經的閱讀

你想像著死去的浪花
問我能用眼淚復活嗎
或者就此消逝也沒關係吧
即使破碎依然無瑕
我們從容背棄擁抱
化成各自運行日夜的島

看著字句代替彼此

來不及安然熄滅
無恙的理解
你還我驟雨的存在
雲翳籠罩的感慨
你太幽暗，我已不能
再為你清醒

疼痛若揭的心
往往比你留下的疑問
更有被記得的意義
我也可以順勢接近自己
維持倔強的話語
該怎麼治癒

你終究逃進了永遠
我不願擁有秋天
預言般的傷感
我知道詮釋的淚眼
適合看著字句代替彼此訴說
隨風吹散為天地的廣闊

讓每次如臨的愛是你

雪落在身上
像昨日有你記得的月光
每一個星宿
都是你掌管的溫柔
如果你不曾有遲疑的眼神
我會一直深信

放棄在乎的選擇
你的傷害和我的
季節都不再重要了
而我該怎麼把夜晚
在無從翻閱的濃霧中轉換
變成你不明白的語言

有些隱喻是不必解讀的
只需要凝視著
時間把我們放在永遠的風景裡
卻以沉默回答問題
讓每次如臨的愛是你
讓你不是你

我願是誠實盛開的花

「聞君有兩意，故來相決絕。」

——卓文君．〈白頭吟〉

你終究還是讓我們
離寡言的邊界更接近
與此同時消逝了多少
過去不渝的擁抱
或許讓傷害都歸我，你就不用
徬徨最想要的決定
滿懷交談過的字句
如果我再一次以溫柔向你私語

你會假裝沒有聽見嗎
但我早已放棄任何回答
眺望海面嘆息著
也就只是我自己的事了

我想深藏你的悲歡
我想明白光影如何消散
我願是誠實盛開的花
無人提及而帶著懼怕
落下，脫離你的春色落下
永恆於不再被珍惜的剎那

縱然我付出的全是

「余既不難夫離別兮，傷靈修之數化。」

——屈原・〈離騷〉

我所體會的冬天
想念在你的城市蔓延
手寫來的信總充滿抒情
但堅強的我只能
在無法掩飾的往事中
盡其脆弱追趕著凋零
就連深刻的微笑
也抵不過話語的飄渺

回憶反覆遺忘
為了遠離你的臉龐
我不願重蹈心跡
指認彼此的星系

縱然我付出的全是
虛擲的真實
但在曲折的命運前卻是完美的
只需要像黑夜安靜看著
煙火仍舊絢爛
而我們已彷彿未曾遇見

當風景無法恢復顏色

昨夜小樓裡的
東風都吹向彼岸了
世界仍舊運轉，你卻成為我
親愛的故國
任憑往事不斷牴觸
無從歸類的幸福

倔強讓我不能再接近你
有關春花的意義
深信過的一切
如今徬徨人非的秋月
所有物是的哀愁
都屬於祕密的回首

那你是否也懂了
置身永恆是最傷心的
當風景無法恢復顏色
誰也留不下什麼
看著季節逐漸淪陷
我們不存在的時間

此後我終於相信

「天長地久有時盡，此恨綿綿無絕期。」

——白居易．〈長恨歌〉

此後我終於相信
時間徘徊的殘忍
像等待收拾的灰燼
包藏微弱的灼熱
向我們表示著
一切都挽救不回了
那麼你帶來的夢境
就是我的白綾

轉身後是各自的一生
讓依舊的愛和淚水
化為遍地踏不開的落葉去面對
你我曾經是誰

如此甘心也好
看不見對方的衰老
放任倖存的溫暖
隨著傷痕黯然
我將走入天荒
你是月色下的斷章

後記　楚影　順勢日子走著

第三本詩集的意義是什麼，我沒想幾秒就得到了答案：跟之前一樣是愛吧。隨著心的變化，可能寒冷，可能溫暖，都是被寫下的篇章，要提醒自己愛過，也傷過。

其實也在提醒著別人，凡是犯了傷心的狀態，不管在自己的地圖上逃得有多遠，隱蔽得有多幽深，只要聽見或看見一些文字的組成，仍然會被回憶輕易擊殺，受困易碎的眼淚。

於是順勢日子走著，我越來越明白，一切的寫作和閱讀，是要讓自己知道，就算再多麼不勇敢，也不用逞強。因為在這世界上，一定有某種敘述，會在你感到話語用罄的時候，適時出現，摧毀你以為金湯的堡壘，替你重建傷痛的居所，然後才有可能面對最平靜的心。

我越來越相信，讓人得以用一種更誠實的姿態生活，就是詩人存在的理由。詩人是巫者，各自懷抱神祕的咒語，讀詩集便是進入他們本身獨有的儀式，最直接的途徑。我總覺得，最好的詩人，是善於鎮魂的，不著痕跡的那種。因為愛與恨，都是從不著痕跡開始的。

之後，我漸漸發現，從第一本詩集寫到現在的野心，沒有最多，只有更多。因為在這個世代裡，擅長感動的詩人何其多，可是有些人，願意選擇信任我，願意交出心上一部分的血肉，成為作品的軀體，這樣的接近，是純粹的，讓我不再對我能夠治療他人的能力有所懷疑。

我依舊和詩相處，得到了什麼，又失去了什麼？我想，這些都無損我對寫詩的熱愛。無論高興或沮喪，寫詩是一種記得的根。如果哪一天我不寫了，也只是對文字負責。

夜那麼深，靈感彷彿無盡；隱隱天明，不過詩完成的可能。而我始終不敢說我的詩，能帶來什麼影響。我只是反覆做著這件事的人，或許愚鈍，或許敏銳，或許野人獻曝，但這是我對世界表達感情的方式。

我也更確定，寫作要學會面對孤獨，坦誠自己的不堪，身心隨時惹滿塵埃。過程中先變成鬼，才能化身為人，最後覺悟：桃李不言，下自成蹊。

把各自的哀愁都留下

作者 楚影
編輯 潘岱琪
行銷 劉安綺
發行人 林聖修
設計 何佳興
設計協力 胡一之
出版 啟明出版事業股份有限公司
地址 台北市大安區敦化南路二段 59 號 5 樓
電話 02-2708-8351
傳真 03-516-7251
網站 http://www.cmp.tw
讀者服務信箱 service@cmp.tw
法律顧問 北辰著作權事務所
印刷 漾格科技股份有限公司

總經銷 紅螞蟻圖書有限公司
地址 台北市內湖區舊宗路二段 121 巷 19 號
電話 02-2795-3656
傳真 02-2795-4100

中華民國 106 年 7 月 5 日 初版
ISBN 978-986-93383-7-0
定價 新台幣 360 元

國家圖書館出版品預行編目（CIP）資料
把各自的哀愁都留下 / 楚影作. -- 初版. -- 臺北市 : 啟明,
民 106.07
面 ; 公分
ISBN 978-986-93383-7-0（平裝）
851.486 106009768